ORLANDO NILHA

THEODORO
THEODORO SAMPAIO

1ª edição – Campinas, 2022

"O que seria do homem se do seu ser se banisse a esperança? Sem este braço possante e robusto que o sustenta sobre as vagas da miséria e do infortúnio?"
(Theodoro Sampaio)

Há mais de 150 anos, no estado da Bahia, no município de Santo Amaro da Purificação, existia o engenho Canabrava, que pertencia a Manoel Lopes da Costa Pinto, o visconde de Aramaré.

No engenho havia uma capela, onde vivia o padre Manoel Fernandes Sampaio. Uma escravizada chamada Domingas foi escolhida pelo dono do engenho para trabalhar de lavadeira e cozinheira para o padre Manoel. Durante meses ela cumpriu seu dever abrigando no ventre um novo ser.

No dia 7 de janeiro de 1855, sob o teto da capela do engenho, Domingas deu à luz um menino. A identidade do pai é incerta. O que se sabe é que o menino, apesar de ser filho de escravizada, nasceu livre e recebeu o sobrenome do padre, sendo chamado de Theodoro Fernandes Sampaio.

Theodoro viveu os primeiros anos de vida no engenho, convivendo com a mãe e com seus irmãos mais velhos: Martinho, Ezequiel e Matias. A inteligência do menino cativou o padre Manoel.

Aos 9 anos, ele foi levado pelo padre para a cidade do Rio de Janeiro, capital do Império, onde se tornou aluno do colégio São Salvador. Com 17 anos, ingressou na Escola Central — que depois seria chamada de Escola Politécnica.

O jovem se interessava por assuntos diversos e lia tudo o que lhe caía nas mãos. Aluno de Engenharia, dedicava-se aos estudos com prazer e tirava notas acima da média, principalmente em Desenho e Matemática. Era um excelente desenhista de mapas e paisagens. Durante o curso teve contato com o mestre André Rebouças, famoso engenheiro e abolicionista.

Enquanto seguia estudando, o jovem passou a dar aulas em escolas importantes do Rio de Janeiro, inclusive em seu antigo colégio, o São Salvador. Ele ensinava disciplinas diversas, como Matemática, História e Filosofia. Em 1875, começou a trabalhar como desenhista no Museu Nacional, onde conheceu o geógrafo estadunidense Orville Derby, que se tornaria um amigo para a vida inteira.

Formou-se em Engenharia em 1877, aos 22 anos, e voltou à Bahia para rever a mãe e os irmãos escravizados. Embora tenha nascido livre, Theodoro conhecia bem os horrores da escravidão e tinha consigo um objetivo: libertar seus irmãos. Em 1878, depois de muito esforço, comprou a alforria de Martinho.

Em 1879 Theodoro foi convidado pelo senador Viriato de Medeiros para participar da Comissão Hidráulica do Império, criada para estudar os portos brasileiros e melhorar a navegação dos rios. Apresentou-se ao governo, mas, no dia seguinte, seu nome não estava na lista oficial. Ele havia sido convidado e, depois, desprezado! O motivo? Era a única pessoa negra do grupo.

"Fui assim eliminado e experimentei, então, o primeiro espinho do preconceito entre nós."

Depois da insistência do senador Viriato, Theodoro foi reinserido no grupo, que navegou todo o Rio São Francisco durante quatro meses. Em seguida, sob ordens do chefe William Roberts, Theodoro fez sozinho o caminho inverso, enfrentou trilhas e atravessou vilarejos chegando até a Chapada Diamantina.

Seus relatórios continham informações escritas com talento e precisão, além de desenhos e mapas dos caminhos percorridos. O jovem baiano foi considerado o melhor engenheiro brasileiro da equipe e terminou reconhecido como um prodígio entre o grupo.

Mesmo tendo um excelente desempenho, Theodoro não conseguia trabalho em sua área. Quando a Comissão Hidráulica foi desfeita, todos conseguiram ótimos empregos, menos ele.

Durante mais de um ano, ele ficou no Rio de Janeiro dando aulas para sobreviver. Em 1881, finalmente foi contratado pelo governo para trabalhar como engenheiro no prolongamento da estrada de ferro da Bahia ao Rio São Francisco, sendo encarregado de calcular e desenhar as pontes metálicas da ferrovia.

No início de 1882, Theodoro se casou com Capitolina Moreira Maia. Dessa união, nasceriam oito filhos: seis meninos e duas meninas.

Depois do casamento, eles foram morar na cidade de Alagoinhas, na Bahia. Ao que tudo indica, Domingas, mãe de Theodoro, havia conquistado a liberdade e morava com o filho.

Nesse mesmo ano, o dedicado engenheiro comprou a alforria de seu irmão Ezequiel. No cativeiro do engenho do visconde de Aramaré restava ainda Matias, o último irmão escravizado.

Em 1883, Theodoro voltou a trabalhar no Rio São Francisco, dessa vez na Comissão de Melhoramento. Ele ajudou a liberar a cachoeira de Sobradinho, um dos maiores obstáculos de navegação do rio, que passou a receber barcos a vapor naquele trecho.

Ao mesmo tempo que exercia sua profissão, Theodoro elaborava estudos sobre temas variados, como as características do solo e do clima. Nesse período, chegou a enviar ao amigo Orville Derby um manuscrito sobre a geografia do vale do São Francisco.

Em 1884, a família de Theodoro finalmente se libertou. Matias, o último irmão em cativeiro no engenho do visconde, recebeu a liberdade.

Em 1886, aceitando o convite de Orville Derby, Theodoro mudou-se para São Paulo e ingressou na Comissão Geográfica e Geológica. O engenheiro ajudou a explorar e mapear o interior paulista e projetou obras para a navegação do Rio Paranapanema. Em 1890, foi convidado pelo governador de São Paulo, Prudente de Morais, para realizar estudos de saneamento na capital.

Em 1891, um acontecimento triste marcou a família: morreu Domingas, sua amada mãe.

Em São Paulo, Theodoro demonstrou toda a sua habilidade e competência: criou hospitais de isolamento e institutos de higiene da cidade, ampliou linhas de bonde, reorganizou o serviço de águas e esgoto, além de ter realizado pesquisas históricas e estudos técnicos.

Em 1893, participou do grupo que criou a Escola Politécnica de São Paulo e, no ano seguinte, foi um dos fundadores do Instituto Histórico e Geográfico de São Paulo. Nesse período, convivendo com diversas personalidades das ciências, encontrou o ambiente adequado para o seu crescimento cultural.

Os anos em terras paulistas consagraram a carreira de Theodoro. Ele chegou até mesmo a registrar um encontro com o imperador Dom Pedro II: "Ao almoço, convidou-nos a todos para sua mesa, e me fez a mim a honra de ocupar a cadeira à sua direita, pois durante o serviço não se conversou sobre outra coisa que não dos estudos de exploração, dos acidentes de viagem, dos índios, os seus costumes e a sua língua".

Theodoro também conheceu o escritor Euclides da Cunha. Os dois se reuniram algumas vezes e passaram longas tardes de domingo conversando sobre um tema pelo qual eram apaixonados: o nordeste brasileiro. Ele forneceu a Euclides informações históricas e um mapa da região de Canudos, que ajudaram o autor a escrever sua famosa obra-prima "Os Sertões".

Em 1901 Theodoro publicou o seu primeiro livro: "O tupi na geografia nacional". A obra sobre o idioma dos indígenas foi resultado das andanças do autor pelo país. Ele recebeu centenas de cartas elogiando o livro.

Dois anos depois ele pediu demissão do seu emprego na Repartição de Águas e Esgoto de São Paulo. O jornal "Correio Paulistano" publicou a notícia: "Por decreto de ontem foi concedida a exoneração solicitada pelo Dr. Theodoro Sampaio, distinto engenheiro e ilustre homem de letras". A sua tarefa em terras paulistas estava concluída.

Em 1904 Theodoro retornou à Bahia e abriu o próprio escritório de engenharia. Ele foi responsável por realizar diversos projetos na cidade de Salvador, como a construção da Faculdade de Medicina, do pavilhão para tuberculosos do Hospital Santa Isabel e da nova fachada da Igreja da Vitória.

Em 1905 ele reuniu as anotações da expedição que fizera anos antes com a Comissão Hidráulica e publicou o livro "O Rio São Francisco e a Chapada Diamantina", um clássico da geografia brasileira.

Nesse período, uma página dramática começou a ser escrita na vida pessoal de Theodoro: Capitolina adoeceu mentalmente. Conta-se que ela viveu em estado de demência durante 15 anos em um dos quartos da casa do engenheiro na rua da Misericórdia, em Salvador, até sua morte.

Com o agravamento da doença de sua esposa, ele iniciou um relacionamento com Maria da Glória Fonseca, com quem teve três filhos: duas meninas e um menino.

Em 1913, Theodoro foi escolhido como orador oficial do Instituto Histórico e Geográfico da Bahia (IGHB). Além de ser um excelente escritor, ele também realizava ótimos discursos. Em 1922, foi eleito presidente do IGHB. O engenheiro seguiu publicando estudos em jornais e livros. Em 1927, arriscou uma curta carreira na política e foi eleito Deputado Federal pela bancada baiana, cargo em que permaneceu até 1929.

Depois da morte de Maria da Glória, ele se casou com Amália Barreto, com quem viveria até o fim de seus dias.

Consagrado por seus feitos e respeitado como um grande personagem das letras e das ciências brasileiras, mudou-se para a Ilha de Paquetá, no Rio de Janeiro, onde morreu em 1937, aos 82 anos.

Theodoro Sampaio, homem negro, nasceu no período da escravidão e, contra todos os desafios e obstáculos, destacou-se como um sábio entre a elite privilegiada. Ele se impôs por sua capacidade e competência e se tornou um grande historiador, um excelente geógrafo e um dos maiores engenheiros do país.

Uma cidade no interior de São Paulo e uma rua importante da capital paulista foram nomeadas em sua homenagem. Além disso, também recebeu seu nome a cidade baiana onde há muito tempo existiu o engenho Canabrava e a pequena capela em que Theodoro viu a luz do mundo pela primeira vez — mundo no qual deixou marcas de superação, inteligência e dedicação.

Querido leitor,

A editora MOSTARDA é a concretização de um sonho. Fazemos parte da segunda geração de uma família dedicada aos livros. A escolha do nome da editora tem origem no que a semente da mostarda representa: é a menor semente da cadeia dos grãos, mas se transforma na maior de todas as hortaliças. Assim, nossa meta é fazer da editora uma grande e importante difusora do livro, e que nessa trajetória possamos mudar a vida das pessoas. Esse é o nosso ideal.

As primeiras obras da editora MOSTARDA chegam com a coleção BLACK POWER, nome do movimento pelos direitos do povo negro ocorrido nos EUA nas décadas de 1960 e 1970, luta que, infelizmente, ainda é necessária nos dias de hoje em diversos países. Sempre nos sensibilizamos com essa discussão, mas o ponto de partida para a criação da coleção ocorreu quando soubemos que dois de nossos colaboradores já haviam sido vítimas de racismo.

Acreditando no poder dos livros como força transformadora, a coleção BLACK POWER apresenta biografias de personalidades negras que são exemplos para as novas gerações. As histórias mostram que esses grandes intelectuais fizeram e fazem a diferença.

Os autores da coleção, todos ligados às áreas da educação e das letras, pesquisaram os fatos históricos para criar textos inspiradores e de leitura prazerosa. Seguindo o ideal da editora, acreditam que o conhecimento é capaz de desconstruir preconceitos e abrir as portas do pensamento rumo a uma sociedade mais justa.

Pedro Mezette
CEO Founder
Editora Mostarda

EDITORA MOSTARDA
www.editoramostarda.com.br
Instagram: @editoramostarda

© Orlando Nilha, 2021

Direção: Fabiana Therense
Pedro Mezette
Coordenação: Andressa Maltese
Produção: A&A Studio de Criação
Texto: Fabiano Ormaneze
Francisco Lima Neto
Júlio Emílio Braz
Maria Julia Maltese
Orlando Nilha
Rodrigo Luis
Revisão: Elisandra Pereira
Marcelo Montoza
Nilce Bechara
Ilustração: Eduardo Vetillo
Henrique S. Pereira
Kako Rodrigues
Leonardo Malavazzi
Lucas Coutinho

Dados Internacionais de Catalogação na Publicação (CIP)
(Câmara Brasileira do Livro, SP, Brasil)

```
Nilha, Orlando
    Theodoro : Theodoro Sampaio / Orlando Nilha. --
1. ed. -- Campinas : Editora Mostarda, 2022.

    ISBN 978-65-88183-23-6

    1. Biografias - Literatura infantojuvenil
2. Engenheiros - Biografia - Brasil 3. Sampaio,
Theodoro, 1855-1937 I. Título.

21-88023                                CDD-028.5
```

Índices para catálogo sistemático:

1. Theodoro Sampaio : Biografia : Literatura infantojuvenil   028.5
2. Theodoro Sampaio : Biografia : Literatura juvenil   028.5

Eliete Marques da Silva - Bibliotecária - CRB-8/9380

Nota: Os profissionais que trabalharam neste livro pesquisaram e compararam diversas fontes numa tentativa de retratar os fatos como eles aconteceram na vida real. Ainda assim, trata-se de uma versão adaptada para o público infantojuvenil que se atém aos eventos e personagens principais.